KB015752

파리의 한 장소를 소진시키려는 시도

Tentative d'épuisement d'un lieu parisien
by Georges Perec

파리의 한 장소를 소진시키려는 시도

조르주 페렉
김용석 옮김

신북스

일러두기

- 이 책은 *Tentative d'épuisement d'un lieu parisien* (Christian Bourgois, 1975, 2020)을 번역한 것이다.
- 원문의 이탤릭체는 고딕체로 표현했다.
- 원문의 불규칙한 마침표 활용을 그대로 따랐다.
- 주는 모두 옮긴이의 주이다.

크리스티앙 부르주아 출판사 편집자 노트

이 텍스트는 1975년에 출간되었고, 장 뒤비뇨가 이끄는 잡지 『코즈 코뮌(Cause commune)』 1975년 제1호에 실린 「사회의 부패(Pourrissement des Sociétés)」에서 발췌한 텍스트이며, 페렉도 이 잡지의 운영진이었다.

조르주 페렉의 '파리의 한 장소를 소진시키려는' 3일간의 시도

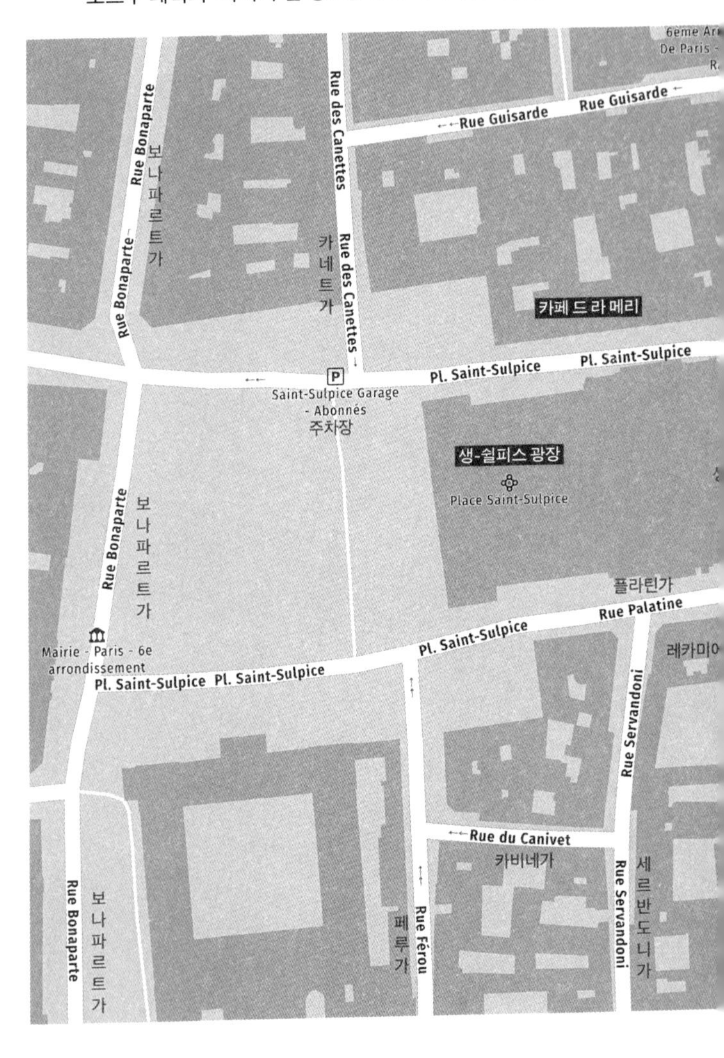

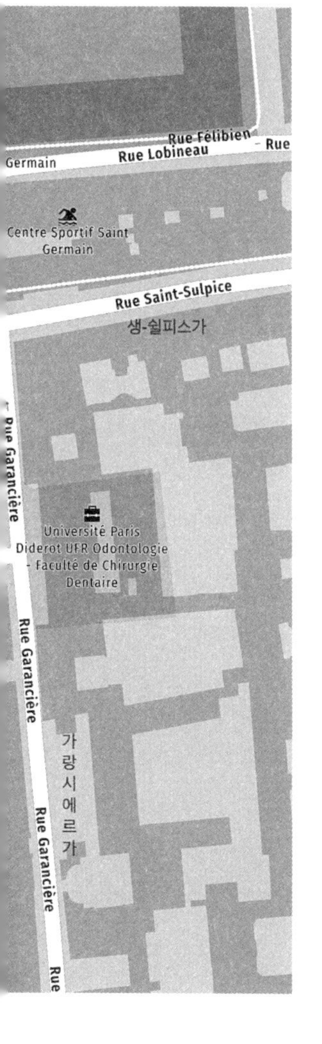

1974년 10월, 3일간 생-쉴피스 광장 주변 페렉의 위치(카페 3곳과 벤치)

18일(금)

10시 30분, 타바 생-쉴피스
12시 40분, 카페 드 라 메리
15시 20분, 퐁텐 생-쉴피스
17시 10분, 카페 드 라 메리

19일(토)

10시 45분, 타바 생-쉴피스
12시 30분, 벤치
14시, 타바 생-쉴피스

20일(일)

11시 30분, 카페 드 라 메리
13시 5분, 카페 드 라 메리

카페 드 라 메리 외에 나머지 카페 위치는 지도에서 파악할 수 없는 상태이다. 이제는 없어졌거나 상호가 바뀌었을 것이다. —옮긴이

"조르주가 자신의 프로젝트에 대한 이야기를 꺼냈을 때 나는 동행해 사진을 촬영하겠다고 제안했습니다. 생-쉴피스 광장에 위치한 카페 드 라 메리에 그가 자리를 잡고 앉아 있는 동안 그에게 어떤 요청을 받은 건 아니었지만 그 장면을 카메라에 담기로 했습니다. 결국 그 장면을 포착해냈고 정말 기뻤습니다."

—사진가 피에르 제츨레르(Pierre Getzler)

Georges Perec, Café de la Mairie, Place St-Sulpice, 1974.

차례

생-쉴피스 광장* 주변에는 많은 것들이 있다. 예를 들면, 구청, 금융 회사 하나, 경찰서 한 곳, 담배 가게를 겸하기에 손님이 많은 한 카페-타바를 포함하여 세 개의 카페, 영화관 하나, 르보와 지타르와 오프노르와 세르반도니와 샬그랭** 같은 건축가들의 손길이 남아 있는 성당 하나,*** 이 성당은 624년에서 644년

* La place Saint-Sulpice. 파리 6구 생-쉴피스 성당 앞 광장. 페렉은 이 작품에서 생-쉴피스 광장 주변 장소들, 주로 카페에서 1974년 10월 18, 19, 20일(금, 토, 일) 3일 동안 눈에 보이는 것들을 기록한다.

** Le Vau, Gittard, Oppenord, Servandoni, Chalgrin. 모두 프랑스 건축사의 유명한 건축가들이다.

*** L'église Saint-Sulpice. 파리 6구 오데옹 구역에 있는 성당으로 노트르담 대성당보다 약간 작은 크기로 파리에서 두 번째로 규모가 크다.

까지 부르주의 주교였던 클로테르 2세의 부속 사제* 에게 헌납되었으며 1월 17일이 그의 날로 지켜지고 있고, 출판사 하나, 장례업체 한 곳, 여행사 한 곳, 버스 정류장 한 곳, 양복점 하나, 호텔 하나, 위대한 그리스도교도 웅변가들(보쉬에,** 페늘롱,*** 플레시에****와 마시용*****) 네 명의 조각상이 사면에 장식된 분수대 하나,****** 신문가판대 한 곳, 종교용품점 한 곳, 주차장 하나, 미용실이 하나 있으며, 게다가 다른 많은 것들도 있다.

대부분이라고는 할 수 없지만, 이런 많은 것들은

* Saint-Sulpice. 성자 쉴피스가 바로 이 부속 사제다.

** Bossuet(1627-1704). 교황권에 맞서 프랑스 교회의 권리를 변호한 웅변적이고 영향력 있는 인물.

*** Fénelon(1651-1715). 작가이자 성직자로 왕의 사료 편찬관을 지냈다.

**** Fléchier(1632-1710). 설교자로, 보쉬에와 함께 위대한 웅변가들 중 한 명이다.

***** Massillon(1663-1742). 대학에서 철학과 신학을 가르쳤던, 성직자이자 유명한 설교자.

****** La fontaine Saint-Sulpice. 생-쉴피스 분수대. 생-쉴피스 성당 앞 광장에 자리 잡고 있어서 붙여진 이름이며, 동서남북 네 방향에 각각 서로 다른 조각가들이 제작한 조각상이 배치되어 있다. 페늘롱이 동쪽, 플레시에가 서쪽, 마시용이 남쪽, 보쉬에가 북쪽을 향하고 있다.

글로 묘사되었고 목록으로 작성되었고 사진으로도 찍혔고 이야기되었거나 기록되었다. 내가 앞으로 채워나갈 페이지들에서 글을 쓰는 목적은 오히려 그 이외의 나머지 것들을 묘사하는 것이다. 다시 말하자면 보통은 언급하지 않는 것들, 주목하지 않는 것들, 중요하지 않은 것들 말이다. 즉 날씨가 변하는 것, 사람들과 자동차들과 구름이 지나가는 것 이외에는 아무 일도 일어나지 않을 때 일어나는 바로 그것.

I

날짜: 1974년 10월 18일

시간: 10시 30분

장소: 타바 생-쉴피스

날씨: 춥고 건조함. 잿빛 하늘. 가끔 햇살이 비침.

확실하게 눈에 보이는 것들 중 몇몇에 대한 다음과 같은 상세한 스케치:

– 알파벳 철자들, 단어들: "KLM"*(어떤 산책자의 쇼핑백 위에), "parking(주차장)"을 가리키는 대문자 "P", "Hôtel Récamier(레카미에 호텔)", "St-

Raphaël(생-라파엘)", "l'épargne à la dérive(표류하는 저축)",** "Taxis tête de station(택시 정류장 표지판)", "Rue du Vieux-Colombier(비외-콜롱비에 거리)", "Brasserie-bar La Fontaine Saint-Sulpice(라퐁텐 생-쉴피스 주점)", "P ELF",*** "Parc Saint-Sulpice(생-쉴피스 공원)".

– 관례적인 기호들: 주차장을 가리키는 여러 표지판에 적힌 "P" 아래 그려진 여러 화살표들, 한 화살표는 끝이 약간 땅 쪽을 가리키고, 다른 하나는 (뤽상부르 공원 옆) 보나파르트 거리를 가리킴. 적어도 네 개의 차량 진입 금지 표지판 (다섯 번째 표지판은 카페의 유리창들 중 하나에 반사되어 보임).

* 세계 최초의 항공사. 네덜란드의 국영 항공사였다. 2004년 프랑스 항공사인 에어프랑스에 인수되면서, KLM은 에어프랑스-KLM의 자회사가 되었다.

** 1974년 10월 14일자 시사 주간지 『르푸앵(Le Point)』의 표지 타이틀. 페렉은 1976년부터 『르푸앵』에 일주일에 한 번꼴로 실리는 '십자말풀이' 연재를 맡았고, 1979년에 '십자말풀이'를 정답과 함께 단행본으로 출간했다. 프랑스는 1945년부터 1975년까지 대략 30년 동안 경제적 부흥기를 거치는데, 이 시기가 끝나가는 상황에서 '예금(저축)이 되는대로 무기력하게 둥둥 떠다니는' 시대 상황을 보여주는 표현이다.

*** ELF Parking(ELF 주차장).

– 숫자들: 86 (86번 시내버스 전면 위쪽에 적혀 있고, 이 버스가 생-제르맹-데-프레 방향으로 가는 버스라는 것을 알려줌), 1 (비외-콜롱비에 거리 1번지 표지판에), 6 (현 위치가 파리 6구라는 것을 가리키는 자리에).

– 눈앞에서 순식간에 사라진 슬로건: "버스에 탄 채로 파리를 본다"

– 길바닥: 움푹 파인 자갈과 모래.

– 돌: 보도 가장자리, 분수대, 성당, 집들…

– 아스팔트

– 나무 (종종 노랗게 물든 활엽수들)

– 아주 크게 보이는 한 조각의 하늘 (아마도 내 시야의 6분의 1에 해당하는 크기)

– 갑자기 성당과 분수대 사이에 있는 중앙 평지로 날아와 앉은 한 무리의 비둘기들

– 자동차들 (목록을 자세하게 작성하는 것은 해야 할 일로 남김)

– 사람들

– 바셋 하운드 종으로 보이는 개

– 빵 (바게트)

– 장바구니 밖으로 조금 삐져나온 (말려 있는 것 같은?) 샐러드

버스 노선:

96번이 몽파르나스 역으로 간다

84번이 포르트 드 샹페레로 간다

70번이 아옘 박사 광장*으로, 프랑스방송협회**로 간다

86번이 생-제르맹-데-프레로 간다

녹색 타원으로 된 진짜 로크포르 소시에테***를 요구하시오

물줄기 하나 분수대에서 솟아오르지 않는다.

* Place du Dr-Hayem. 식염수를 개발한 의사 조르주 아옘(Georges Hayem, 1841-1933)의 이름이 붙은 파리 16구에 위치한 광장.

** ORTF(Office de radiodiffusion-télévision française). 프랑스방송협회.(1974년 해체)

*** 양젖으로 만든 프랑스 남부 지방의 치즈. 아비뇽 지역의 로크포르 마을에서 생산되며 녹색 곰팡이 반점이 많은 것이 특징이다. 이 치즈의 포장지에는 녹색 타원 문양 속에 'Société(조합)'라는 단어가 있고, 그 위에 Roquefort(로크포르)라는 단어가 있다. 아마도 페렉은 이날 이 광고문구가 적혀 있는 버스를 보았을 것이다.

비둘기들이 분수대 주변 한 테두리 위에 자리를 잡고 있다.
중앙 평지에는 벤치가 몇 개 있고, 등받이가 하나인 2인용 벤치도 몇 개 있다. 내가 있는 곳에서는 여섯 개까지 셀 수 있다. 네 개의 벤치는 비어 있다. 여섯 번째 벤치에는 고전적인 몸짓으로 (적포도주를 병나발 부는) 부랑자 세 명이 있다.

63번이 포르트 드 라 뮈에트로 간다

86번이 생-제르맹-데-프레로 간다

깨끗이 치우는 것은 좋은 일이다 더럽히지 않는 것이 더 낫다

독일제 버스 한 대

브링크스* 밴 한 대

87번이 샹-드-마르로 간다

84번이 포르트 샹페레로 간다

색채: 빨강 (피아트 자동차, 원피스, 생-라파엘, 일

* Brinks. 미국의 사설 보안 및 보호 회사.

방통행 표지)

파란색 배낭

녹색 구두들

녹색 레인코트들

파란색 택시

파란색 되-슈보*

70번이 아옘 박사 광장으로, 프랑스방송협회로 간다

녹색 메하리**

86번이 생-제르맹-데-프레로 간다

다논***: 요구르트와 디저트

녹색 타원으로 된 진짜 로크포르 소시에테를 요구하시오

대부분의 사람들이 적어도 한 손에는 무엇인

* Deux-Chevaux(말 두 필. 2CV로 표기). 자동차 회사 시트로엥이 1948년부터 판매한 2마력의 자동차. 엄청난 인기를 끌어 1990년대 초까지 생산되었다.

** méhari. 1968년부터 1987년까지 생산된 시트로엥의 오프로드 자동차.

*** Danone. 프랑스 파리에 본사를 둔 다국적 식음료 기업이다. 우유와 유산균 및 발효유 등의 낙농제품과 생수를 전문으로 하는 그룹이자 세계 최대의 낙농제품 생산업체이다.

가 잡고 있다. 배낭, 작은 가방, 장바구니, 지
팡이, 개 줄, 아이의 손

트럭 한 대가 철제통에 담긴 맥주를 나른다 (맥주
장인 캔터의 맥주, 캔터브라우)

86번이 생-제르맹-데-프레로 간다

63번이 포르트 드 라 뮈에트로 간다

이층 관광버스 "시티라마"*

메르세데스 마크의 파란색 트럭 한 대

프랭탕 브럼멜 백화점**의 갈색 트럭 한 대

84번이 포르트 드 샹페레로 간다

87번이 샹-드-마르로 간다

70번이 아옘 박사 광장, 프랑스방송협회로 간다

96번이 몽파르나스 역으로 간다

다르티 레알*** 차량

63번이 포르트 드 라 뮈에트로 간다

* Cityrama. 1960년대 파리 시내를 운행하던 시트로엥 2층 투어 버스.

** Printemps, Brummell. 각각 여성용품, 남성용품 백화점.

*** Darty Réal. 두 가지로 읽을 가능성이 있다. 첫째는 1957년에서 설립되어 가전제품, 컴퓨터 부품, 전화기, 음향 용품 등을 판매하는 프랑스 회사이고 둘째로는 자동차 회사 포르쉐의 레이싱카를 말하는 것일 수 있다.

캐시미어 장인 회사. 샤르팡티에 운송사.

베르트 프랑스 유한회사* 차량

르 고프 생맥주 차량

96번이 몽파르나스 역으로 간다

운전학원차

비외-콜롱비에 거리에서 다가오는 84번 버스 한 대가 보나파르트 거리에서 방향을 바꾼다(뤽상부르 공원 방향으로)

왈롱 보관이사업체 차량

페르낭 카라스코사 보관이사업체 차량

감자 도매 차량

관광버스에서 한 일본 여성이 내 모습을 카메라에 담는 것으로 보인다.

노신사 한 명이 절반 길이의 바게트 빵을 갖고 있고, 부인 한 명은 작은 피라미드 모양의 케이크 상자를 갖고 있다

86번이 생-망데로 간다 (이 버스는 보나파르트 거리에서 방향을 바꾸지 않고, 비외-콜롱비에 거리로

* Berth France S.A.R.L.(Société à responsabilité limitée, 유한책임회사)

접어든다)

63번이 포르트 드 라 뮈에트로 간다

87번이 샹-드-마르로 간다

70번이 아옘 박사 광장, 프랑스방송협회로 간다

비외-콜롱비에 거리에서 다가오는 84번 버스 한 대가 보나파르트 거리에서 방향을 바꾼다 (뤽상부르 공원 방향으로)

관광버스 한 대는 비어 있음.

다른 일본인들이 다른 버스에 타고 있다

86번이 생-제르맹-데-프레로 간다

브라운 예술품 복원 회사 차량

잠시 소강상태 (피로감?)

잠시 휴식.

2

날짜: 1974년 10월 18일

시간: 12시 40분

장소: 카페 드 라 메리

동시에 발생하는 수십, 수백 가지 움직임들에 대해서, 각각 여러 가지 입장들과 움직임들과 특별한 에너지 사용을 포함하고 있는 극히 작은 여러 사건들에 대해서:

두 명이 나누는 대화, 세 명이 나누는 대화, 몇 사람이 함께 나누는 대화: 입술의 움직임, 몸짓들, 풍부한 표정들

이동 방식들: 걷기, 두 바퀴로 움직이는(모터가 없는 혹은 모터로 움직이는) 교통수단, 자동차들(자가용, 회사 차량, 렌터카, 운전학원차량), 영업용 차량들, 공무 수행 차량들, 대중교통들, 관광버스들

나르는 방식 (손으로, 겨드랑이에 끼워, 등에 메고)

끌고 가는 방식 (작은 바퀴가 달린 바구니를 끌기)

확고한 태도 혹은 동기의 정도에 따라서: 기다리기, 한가롭게 산책하기, 어슬렁거리기, 방황하기, 가기, 어딘가로 달리기, 서두르기 (예를 들면 빈 택시를 향하여), 무엇인가를 찾기, 늑장 부리기, 주저하기, 결연한 걸음으로 걷기

몸의 위치: 앉아 있기 (버스에, 자동차에, 카페에, 벤치에)

서 있기 (버스 정류장 가까이, 쇼윈도 앞 (라퐁 장례업체), 택시 옆 (요금을 지불하면서)

세 사람이 택시 정류장 옆에서 기다리고 있다. 택시 두 대가 있고, 운전사들은 없다 (택시들에 후드가 덮여 있음)

비둘기들이 모두 구청 건물 지붕 아래 설치된 빗물받이 홈통에 앉아 있다.

96번이 지나간다. 87번이 지나간다. 86번이 지나간다. 70번이 지나간다. "그르넬 앵테르랭주사"* 트럭 한 대가 지나간다.

잠시 소강상태. 버스 정류장에 아무도 없다.

63번이 지나간다. 96번이 지나간다

한 젊은 여자가 벤치에 앉아서 양탄자를 파는 "라

* 세탁회사로, 페렉이 이 작품을 쓸 당시에도 영업하였지만, 지금은 란제리 제품 기업이다.

드뫼르"* 갤러리를 마주 보고 있다. 여자는 담배를 한 대 피우고 있다.

카페 앞 인도에 소형 오토바이 세 대가 비스듬히 세워져 있다

86번이 지나간다. 70번이 지나간다.

자동차 몇 대가 주차장으로 몰려 들어간다

63번이 지나간다. 87번이 지나간다.

한시 오분이다. 한 여자가 성당 앞 광장을 뛰어서 가로지른다.

흰색 작업복을 입은 배달부 한 명이 유리창이 많은 (식료품도 파는) 카페 앞에 트럭을 주차하고 내려서 카네트 거리로 배달을 가려고 한다.

한 여자가 손에 바게트를 들고 있다

70번이 지나간다

(맞은편에서 84번 버스들이 지나는 것을 볼 수 있는 것은 내가 앉아 있는 자리에서는 순전히 우연에 가까운 일이다)

* La Demeure. 1950년에 세워진 화랑. 이 갤러리는 화가, 건축가, 사진작가, 디자이너, 타피스리 직인들의 만남의 장소가 된다.

자동차들이 분명 우선권이 부여된 진행 방향으로 줄지어 지나간다(내 자리에서 보기엔 왼쪽에서 오른쪽으로 향하는 일방통행로). 아주 예민한 보행자가 아니면 이 사실을 알아채기는 힘들 것이다. 보행자들 대부분이 카네트 거리로 가거나 아니면 그 방향에서 오고 있는 것으로 보이기에.

96번이 지나간다.

86번이 지나간다. 87번이 지나간다. 63번이 지나간다

몇 사람이 비틀거린다. 경미한 사고들.

96번이 지나간다. 70번이 지나간다.

한시 이십분이다.

이미 보았던 몇 사람이 (무작위로) 돌아온다. 즉 손에 작은 비닐봉지를 들고 감색 후드가 달린 옷을 입은 한 소년이 카페 앞을 다시 지나간다

86번이 지나간다. 86번이 지나간다. 63번이 지나간다.

카페가 꽉 찼다

중앙 평지에서 한 아이가 개를 풀어놓는다 (밀루* 종)

카페 바로 옆, 쇼윈도 바로 앞, 구분된 세 칸의 주차 구역에서 꽤 젊은 한 남자가 분필로 보도에 "V"로 보이는 글자를 그리고 있다. 글자 안쪽으로는 의문 부호 같은 것이 흐릿하게 보인다 (랜드 아트** 같은 것인가?)

63번이 지나간다

하수도 청소부 여섯이 (모자를 쓰고 고무장화를 신고) 카네트 거리 쪽으로 간다.

빈 택시 두 대가 택시 정류장에

87번이 지나간다

한 맹인이 카네트 거리에서 와 카페 앞을 지나간다. 젊은 남자인데 걸음걸이가 무척이나 안정적이다.

86번이 지나간다

두 남자가 파이프를 물고 검은색 어깨끈 달린 가방을 멨다

* Milou. 벨기에 만화책 『탱탱의 모험(Les Aventures de Tintin)』에서 탱탱과 모험을 함께하는 흰 강아지로, 폭스테리어종이다.

** land-art. 대지 예술 또는 대지 미술로, 지구 표면 위나 표면 내부에 어떤 형상을 디자인하여 자연 경관 속에 작품을 만들어내는 예술이다.

한 남자가 파이프를 물지 않고 검은색 어깨끈 달린 가방을 멨다

한 여자가 양모로 만든 웃옷을 입고 있으며 행복한 표정

96번

또 다른 96번

(하이힐들: 발목을 비트는)

애플 그린색* 2CV 한 대

63번

70번

열세시 삼십오분이다. 일행들, 가끔. 63번. 아까 그 애플 그린색 2CV가 지금은 광장 맞은편 페루 거리 한 모퉁이에 거의 주차한 듯하다. 70번. 87번. 86번. 택시 세 대가 택시 정류장에. 96번. 63번. 자전거를 탄 전보 배달부. 주류 배달부들. 86번. 어깨에 책가방을 멘 초등학생 여자아이.

감자 도매 차량. 세 아이를 학교에 데리고 가는 부

* 풋사과의 밝은 녹색 느낌.

인 (그들 중 두 아이는 방울술이 달린 긴 빨간 모자를 쓰고 있다)

성당 앞에 장의사의 작은 트럭이 한 대 있다.

지나가는 96번.*

사람들이 성당 앞으로 모인다 (장례식에 참석한 사람들이 모이나?)

87번. 70번. 63번.

보나파르트 거리, 콘크리트 믹서 차,** 오렌지색.

다리가 짧은 개 한 마리. 나비넥타이 남자 한 명.

86번.

바람이 나뭇잎을 흔든다.

70번.

열세시 오십분이다.

프랑스국유철도 화물 급행운송***

장례식에 참석한 사람들이 성당으로 들어갔다

* 이곳은 이전의 고정된 형식(96번이 지나간다)과는 다른 형식이 제시된다. 이후로 다양한 형식이 쓰이게 된다.

** 우리가 레미콘이라고 부르는 차를 원문은 이처럼 표현하고 있다.

*** 원전에는 'Messageries S.C.N.F.'로 되어 있으나, S.N.C.F.(프랑스 국유철도)가 맞다.

운전학원차 한 대, 96번, 63번, 꽃을 실은 작은 트럭 한 대, 파란색, 빨리 지나감. 작은 장례식 트럭 옆에 꽃을 실은 트럭이 나란히 섰고 사람들이 장례화관을 내린다.

놀랍도록 하나 된 모습으로, 비둘기들이 광장을 한 바퀴 날아서 구청 건물 지붕 아래 설치된 빗물받이 홈통으로 돌아와 앉는다.

택시 정류장에 택시 다섯 대가 있다.

지나가는 87번, 지나가는 63번.

생-쉴피스의 종탑이 울리기 시작한다 (분명 조종 소리다)

학교로 이끌려 가는 세 아이들. 또 다른 애플 그린색 2CV 한 대.

다시 비둘기들이 광장을 한 바퀴 난다

96번이 지나가서, 버스 정류장 앞에 멈춘다 (생-쉴피스 구간). 카네트 거리를 이용하는 준비에브 세로*가 버스에서 내린다. 창을 두드려서 그녀를 부르자

* Geneviève Serreau(1915-1981). 프랑스의 연극배우이자 소설가. 페렉이 드노엘(Denoël) 출판사에서 번역서를 출판했을 때, 그곳에서 일하던 세로가 페렉에게 도움을 주었다.

내게 인사한다.

70번이 지나간다.

조종 소리가 멈춘다.

어린 소녀가 팔미에 과자를 반 먹는다.

파이프를 물고 검은색 어깨끈 달린 가방을 멘 남자 한 명.

70번이 지나간다

63번이 지나간다

두시 오분이다.

87번이 지나간다.

사람들, 무리를 지어, 계속 여전히

여행에서 돌아온 신부님 한 명(가방에 항공사 짐표가 붙어 있기에).

한 아이가 카페 창문 위로 축소 모형 장난감 자동차 한 대를 미끄러트린다 (작은 소리가 난다)

한 남자가 카페에서 키우는 뚱뚱한 개에게 인사하려고 잠시 걸음을 멈추고, 개는 카페 문 앞에 편하게 누워 있다

86번이 지나간다

63번이 지나간다

한 여자가 지나간다. 가방에 “귀뒬”*이라고 적혀 있다

카페 바로 앞에서, 한 남자가 가방을 뒤적거리며 쭈그려 앉아 있다

86번이 지나간다

젊은 남자 한 명이 지나간다. 커다란 드로잉 보드를 하나 옮기고 있다

카페 앞 인도에는 작은 오토바이 두 대만 주차되어 있을 뿐. 세 번째 오토바이가 출발하는 것을 보지 못했다 (자전거형 오토바이였다) **(이런 종류의 글쓰기 시도가 갖는 명백한 한계 상황. 즉 응시한다는 유일한 목표에 집중하고 있더라도, 내 바로 옆 몇 미터 떨어진 곳에서 일어나는 일을 보지 못한다는 것. 예를 들면, 나는 자동차들이 주차하는 것을 알아차리지 못한다)**

한 남자가 지나간다. 그는 손수레를 끌고 있다. 빨간색.

70번이 지나간다.

* Gudule. 1945년 벨기에 브뤼셀에서 태어났다. 귀뒬은 어린이 책을 쓸 때 쓰는 필명이며, 성인들을 위한 글을 쓸 때는 안 뒤귀엘(Anne Duguël)이라는 이름을 사용한다.

한 남자가 라퐁 장례업체의 진열창을 바라본다

"라 드뫼르" 맞은편에서 한 여성이 기다린다. 벤치 가까이 서서

길 한가운데서, 한 남자가 택시들이 지나가기를 기다린다 (택시 정류장에 택시가 더 이상 없다)

86번이 지나간다. 96번이 지나간다. "토니장실"* 배달차가 지나간다.

말리사르 뒤베르네 특급 운송 트럭이 지나간다.

다시 비둘기들이 광장을 한 바퀴 돈다.

무엇이 이러한 군집 비행을 촉발하나. 외부의 자극과 관련된 것 같지도 않고 (굉음, 자동차 엔진 소리, 빛의 변화, 비 등) 특별한 동기가 있어 보이지도 않는다. 그것은 완전히 아무런 이유도 없는 무언가와 닮아 있다. 새들은 갑자기 날아오르고, 광장을 한 바퀴 선회하고, 구청 건물 지붕 아래 설치된 빗물받이 홈통으로 돌아와 앉는다.

두시 이십분이다.

96번. 우아한 여성 몇 명. 멍한 표정의 한 일본인 남

* Tonygencyl. 치약 상표명.

성, 그리고 행복한 표정의 다른 일본인 남성 한 명이 행인에게 길을 묻는다. 행인이 일본인들에게 손가락으로 카네트 거리를 가리키자 그들이 곧장 그 방향으로 향한다.

63번, 87번 그리고 "뒤노 출판사"의 작은 트럭 한 대가 지나감.

버스 정류장 가까이 있는 한 여자가 편지 세 통에 우표를 붙이고는 우체통에 넣는다.

푸들 종의 작은 개.

피터 셀러스를 꼭 닮은 사람이 자신의 모습에 무척 흡족해하면서 카페 앞을 지나간다. 이어서 한 여자가 아주 어린 아이 두 명과 함께. 이어서 카네트 거리에서 오는 14명의 여자들이 무리 지어서.

광장이 거의 텅 비어 있다는 느낌이 든다(하지만 내 시야에는 적어도 스무 명의 사람들이 있다).

63번.

우체국 소형 트럭 한 대

개를 데리고 있는 한 아이

신문을 든 한 남자

대문자 "A"가 그려진 스웨터를 입은 한 남자

"크세주?"* 트럭 한 대. 즉 "『크세주』 총서는 모든 것에 대답할 수 있다"

스패니얼 강아지?

70번

96번

사람들이 성당에서 장례식 화관들을 꺼낸다.

두시 반이다.

지나가는 63번, 87번, 86번, 또 다른 86번 그리고 96번.

나이 든 한 여자가 도착하는 버스의 번호가 몇 번인지 보려고 손으로 햇빛을 가린다 (여자의 실망한 분위기로 보건대 타려는 버스의 번호가 바로 70번임을 유추할 수 있다)

사람들이 관을 옮긴다. 조종 소리가 다시 울린다.

장의차가 출발하고 204** 한 대와 녹색 메하리 한 대가 뒤따른다.

87번

* Que sais-je?(나는 무엇을 알고 있는가?). 『수상록』의 저자 미셸 드 몽테뉴의 경구.

** 푸조 204를 말함.

63번
조종 소리가 멈춘다
96번
세시 십오분 전이다.
잠시 휴식.

3

날짜: 1974년 10월 18일
시간: 15시 20분
장소: 퐁텐 생-쉴피스 (카페)

천천히 타바 생-쉴피스로 갔다. 이층으로 올라갔는데, 꽤나 공기가 차고 슬픈 느낌의 공간이었고 손님이라곤 브리지 게임을 하고 있는 다섯 명이 있었는데 그중 네 명이 클로버 카드 세 장을 내고 있었다. 나는 아침에 앉았던 테이블에 앉을 생각으로 다시 내려갔다. 발롱산 적포도주를 마시면서 소시지 두 개를 먹었다.

내가 다시 본 것들은 이렇다. 버스들, 택시들, 자가용 승용차들, 관광객들을 실은 버스들, 트럭들과 소형 트럭들, 자전거들, 소형 오토바이들, 베스파 스쿠터들, 오토바이들, 우체국의 삼륜 오토바이 한 대, 운전시험용 오토바이 한 대, 운전면허시험용 자동차 한 대, 우아한 모습의 여성들, 멋쟁이 노신사들, 나이 든 커플들, 한 무리의 어린아이들, 가방을 든, 가방을 멘, 여행용 가방을 든, 개를 데리고 있는, 파이프를 물고 있는, 우산을 든, 배가 나온 사람들, 추잡한 노파들, 나이 든 멍청이들, 젊은 멍청이들, 산책하는 사람들, 배달부들, 얼굴을 찌푸린 사람들, 수다스런 사람들. 또한 장-폴 아롱도 보았는데, 그는 "레 트루아 카네트"*라는 식당 주인으로 이미 아침에 언뜻 보았었다.

지금은 퐁텐 생-쉴피스 카페에 광장을 등진 모습으로 앉아 있다. 내 시선에 들어온 자동차들과 사람들은 광장에서 오거나 광장을 건너려고 멈춰 서 있다(보나파르트 거리에서 오는 것일 수도 있을 행인 몇

* Les trois canettes. '맥주 3병'이라는 의미.

명은 제외하고).

장갑을 낀 할머니들 몇 명이 유아차를 밀고 있었다.

사람들은 요즘 노인의 날을 준비 중이다. 83세 노부인이 들어왔고 카페 주인에게 모금함을 내밀었다. 하지만 우리 손님들에게는 모금함을 내밀지 않고 돌아 나갔다.

인도 위에 아직은 심해 보이지 않지만 틱 장애로 (목 부분에 끊임없이 가려움을 느끼고 있는 것처럼 어깨를 움직이며) 몸을 흔들고 있는 한 남자가 있다. 그는 나와 동일한 방식으로 (가운뎃손가락과 약지 사이에) 담배를 손에 끼고 있다. 다른 사람에게서 나와 같은 습관을 발견한 것은 처음 있는 일이다.

파리-비지옹: 이층 버스인데, 타고 있는 사람이 거의 없다.

네시 오분이다. 눈이 피로함. 글쓰기도 피로함.

애플 그린색 2CV 한 대

(춥다. 숙성된 도수 높은 술을 한 잔 주문)

맞은편, 담배 가게 이층에서 브리지 게임을 하는 사람들이 환기를 시키고 있다

자전거를 타고 순찰을 하는 경찰 한 명이 자전거

를 세우고서 담배 가게로 들어간다. 그가 곧장 다시 나온다. 그가 무엇을 샀는지는 알 수 없다 (담배? 볼펜, 우표, 카슈,* 화장지 한 봉지?)

시티라마 관광버스

오토바이를 탄 사람 한 명. 애플 그린색 시트로앵 작은 트럭 한 대.

날카로운 경적 소리들이 들린다.

유아차를 밀고 있는 한 할머니. 망토를 걸치고 있다

어깨끈 달린 가방을 멘 우체부 한 명

경주용 자전거를 뒤에 매단 차체가 아주 낮은 자동차 한 대

우체국의 삼륜 오토바이 한 대, 우체국의 소형 트럭 한 대 (우체통 편지들을 수거할 시간이 되었나?)

길을 걸으며 뭔가 읽는 사람들, 많지는 않지만, 있기는 하다.

녹색 메하리 한 대

유아차의 아기가 옹알거리는 소리를 낸다. 아기는

* cachou. 구강청정제. 초창기부터 사용된 둥근 노란색 금속통이 상징적이다.

새를 닮았다. 푸른 두 눈은 보이는 모든 것들에 엄청나게 관심을 보이며 고정되어 있다.

기침을 심하게 하는 남자 주차 단속반원 한 명이 녹색 모리스 자동차에 딱지를 뗀다

한 남자가 아스트라한*산 귀덮개를 하고 있다. 그리고 다른 남자도.

어린 소년이 영국산 초등학생 모자를 쓰고 있다. 소년은 애써 횡단보도의 징이 박혀 있는 부분만 밟으며 길을 건넌다.**

어깨끈 달린 가방을 멘 우체부 한 명

목소리에 악센트가 있는 두 명의 여자 주차 단속반원

밀루 종 수컷 개 두 마리

신부님이 쓰는 종류의 베레모를 쓴 한 남자

숄을 걸친 한 여자

유아차를 미는 한 할머니

* Astrakhan. 러시아의 도시.

** 아스팔트 도로가 아닌 포석이 깔린 도로에 횡단보도를 표시하는 징이 여러 개 박혀 있고, 소년이 그 부분만 밟으며 마치 징검다리를 건너듯 길을 건너고 있는 모습을 떠올릴 수 있다.

아스트라한산 귀덮개를 하고 있는 남자 (같은 사람이다. 그가 다시 온 것)

베레모를 쓴 신부님 (다른 분이다)

망토들, 터번들, 장화들, 선원 모자들, 스카프들, 짧은 것들 혹은 긴 것들,

경찰 모자를 쓴 경찰, 모피 옷들, 여행 가방들, 우산

자전거를 탄 전보 배달부

영국인 한 커플(자신들이 쓰는 사투리로 이야기하면서 카페로 들어온다). 남자가 입은 망토는 그의 키만큼이나 길다

짧게 머리를 딴 한 소녀가 바바*를 먹고 있다 (바바인가? 바바처럼 보인다)

바게트를 든 여자. 또 다른 여자.

다섯시 십오분 전. 기분 전환을 좀 하고 싶다. 『르몽드』** 읽기. 다른 곳으로 가기.

* baba. 카스테라, 슈크림 빵.

** Le Monde. 프랑스의 주요 일간지로 탁월한 분석 기사를 제공하며 '지성인'의 신문으로 명성이 자자하다. 『르몽드』를 읽는다는 것은 말하자면 지성인이라는 기호와 같다.

잠시 휴식.

4

날짜: 1974년 10월 18일

시간: 17시 10분

장소: 카페 드 라 메리

신문 가판대가 이미 닫혀 있어서, 『르몽드』 신문을 찾지 못했고, 주변을 짧게 돌았다. (카네트 거리, 푸르 거리, 보나파르트 거리) 예쁜 백수들이 패션 상점들에 우르르 몰려든다. 보나파르트 거리에서 싸게 파는 책들의 제목을 몇 개 보았고, 진열대도 좀 구경했다 (오래되거나 현대적인 가구, 고서들, 그림과 조각품들)

날씨가 춥고, 점점 더 추워지는 듯하다

나는 카페 드 라 메리에 앉았다. 테라스에서 약간 뒤쪽에

지나가는 86번이 비었다

지나가는 70번이 꽉 찼다

또 지나가는 장-폴 아롱, 그가 콜록댄다

아이들 무리가 성당 앞에서 공놀이를 한다

지나가는 70번이 꽤 빔

지나가는 63번이 거의 꽉 참

(왜 버스를 세고 있지? 아마도 버스가 쉽게 알아볼 수 있는 것이고 규칙적이기 때문에. 버스는 시간을 나누고, 배경음으로 리듬을 부여해주고, 극단적으로 말하자면 버스는 예측 가능하기에.

다른 것은 예측 불가능하고, 개연성이 없고, 무질서하다. 버스는 지나가야 하기 때문에 지나간다. 그렇다고 어떤 자동차가 후진하기를 바란다거나, 어떤 사람이 모노프리*의 대문자 "M"이 붙은 가방을 메고 있기를 바란다거나, 어떤 자동차가 파란색이거나 애플 그린색이기를 바란다거나, 어떤 손님이 맥주 한 잔이 아니라 커피 한 잔을 주문하기를 바란다거나 하는 것은 아니다…)

지나가는 96번이 거의 비었다

* 1932년에 만들어진 프랑스의 마트.

주차장의 "P"와 화살표가 밝아진다. 이제 여러 층으로 이루어진 금융 회사 건물 내부의 밝은 조명등이 보인다.

지나가는 70번이 꽉 찼다

지나가는 63번이 조금 찼다

오토바이와 모터 달린 자전거 들이 전조등을 켠다

방향지시등이 보이고 또한 택시의 지붕등도 더 잘 보이며 손님이 없을 때 훨씬 더 밝게 빛난다

지나가는 86번이 거의 꽉 참

지나가는 63번이 거의 빔

지나가는 96번이 꽤 참

지나가는 87번이 꽤 참

(연통관 이론*을 버스에 적용해보기…)

열일곱시 오십분이다

* la théorie des vases communicants. "…초현실주의 운동의 목표가 다다의 합리주의 비판에서 더 나아가 리얼리즘으로는 규명할 수 없는 '초현실(Surréel)'이라는 절대적 현실을 드러내는 것에 있었다는 관점에서 출발했다. 앙드레 브르통(André Breton)은 『연통관(Les Vases communicants)』(1932)에서 논리적으로 합치될 수 없는 이질적 요소들이 소통하는 상태로서의 초현실을 연통관이라는 구조적 모델을 통해 설명했다." (「초현실주의 미술에 나타난 초현실의 특성 연구」, 이은주, 이화여대, 2017.)

붉은색과 파란색이 섞인 콘크리트 믹서 차, 피레네 택시운송 차량 한 대.

지나가는 96번이 꽉 참

지나가는 86번이 완전히 빔 (운전기사뿐)

지나가는 63번이 거의 빔

유아차를 밀면서 지나가는 아기 아빠

빛이 변함

87번 거의 빔, 86번 절반 참

아이들이 성당 기둥 밑에서 논다.

검은 반점이 멋진 백구 한 마리

한 건물의 빛 (레카미에 호텔인가?)

96번 거의 빔

바람이 붊

63번 꽉 참, 70번 거의 참, 63번 거의 참

한 남자가 카페로 들어와서 막 일어서는 한 손님 앞을 막아서고 그의 음료값을 지불하려고 한다. 하지만 잔돈이 없어서, 다른 사람이 지불한다. 그들이 함께 나간다.

한 남자가 카페 안으로 들어오고 싶어 한다. 하지만 문을 밀지 않고 당기기 시작한다 유령 같은 행위들

지나가는 70번 꽉 참

(피곤함)

지나가는 96번 절반 참

새로운 조명들이 카페를 밝힌다.

밖은 석양이 한창이다

지나가는 63번이 꽉 찼다

자전거형 오토바이를 밀면서 한 남자가 지나간다

지나가는 70번이 꽉 찼다

지나가는 96번 절반 참

'나폴레옹 보나파르트 초신선란'*을 실은 트럭이 지나간다

여섯시 오분 전이다

* les oeufs extra frais NB. 'les oeufs extra frais'는 산란된 날짜가 9일 이하의 계란을 말하며, NB는 나폴레옹 보나파르트(Napoléon Bonaparte)의 약자로, 생-쉴피스 광장 주변에 위치한 보나파르트 거리를 거점으로 하는 계란 상점의 자동차가 지나간 것으로 보인다.

작은 파란색 트럭에서 한 남자가 두 바퀴 수레를 꺼내 다양한 청소용품을 담아 카네트 거리로 밀고 갔다. 카페 밖은 이제 더는 얼굴을 거의 구분할 수 없다

색채들이 섞인다. 드물게 불이 밝혀진 그리자유*

노란빛의 얼룩들. 불그스름한 빛들.

지나가는 96번 거의 빔

성당 광장 앞에서 회전한 경찰 수송차 한 대가 지나간다

지나가는 86번 빔, 87번 적당히 참

생-쉴피스 성당의 종탑이 울리기 시작한다

70번 꽉 참, 96번 빔, 또 다른 96번 훨씬 더 빔

우산들이 펼쳐진다

자동차들이 전조등을 켠다

96번 거의 빔, 63번 꽉 참

비를 뿌리는 돌풍이 부는 듯하다. 하지만 와이퍼를 작동시키는 자동차는 거의 없다

생-쉴피스 성당의 종탑이 울리기를 멈춘다 (저녁

* grisaille. 회화에서 단색화, 그리자유 기법으로 그린 초벌 그림을 의미하며, 잿빛 풍경이나 일상의 무미건조함을 의미하기도 한다.

예배의 종소리였던가?)

지나가는 63번 거의 빔

밤이고, 겨울. 즉, 행인들의 비현실적 모습

한 남자가 양탄자 몇 개를 나른다

많은 사람, 많은 그림자, 63번 빔. 길바닥이 반짝이고, 70번 꽉 참, 비가 더 강해진 듯하다. 여섯시 십분이다. 경적 소리들. 교통 정체 시작

성당은 거의 보이지 않고, 반면에 카페는 자체의 여러 창문에 반사되어서 거의 전체가 (그리고 글을 쓰고 있는 내 모습도) 보인다

교통 정체가 풀렸다

전조등만이 자동차가 지나가고 있음을 알린다

가로등이 차례로 켜진다

하여튼 (레카미에 호텔인가?) 이제는 불 켜진 창이 몇 개 있다

지나가는 87번 거의 참

액자를 든 한 남자가 지나간다

판자를 든 한 남자가 지나간다

파란색 경광등이 빙빙 돌고 있는 경찰 수송차 한 대가 지나간다

지나가는 87번 빔, 70번 꽉 참, 87번 빔

사람들이 뛴다

건물 모형을 든 한 남자가 지나간다.(정말 건물 모형인가?

마치 내가 그 건물 모형을 만든 것 같은 생각이다. 그래서 다른 것일 수 있다고는 생각하지 못하는 것)

오렌지색 콘크리트 믹서 차 한 대 지나가고, 86번 거의 빔, 70번 꽉 참, 86번 빔

그림자들이 구분되지 않음

96번 꽉 참

(어쩌면 오늘 내 소명을 발견한 것 같다. 파리교통공사의 버스 노선 조사관)

열여덟시 사십오분이다

자동차들이 꼬리에 꼬리를 물고 지나간다

한 우체부가 우편물을 둘로 나누고 있는 (파리/교외 지역을 포함한 파리 외곽) 우체통 앞에 노란색 소형 우체국 트럭 한 대가 멈춘다

비가 계속 내린다

살레르산 용담주를 한 잔 마신다.

II

5

날짜: 1974년 10월 19일 (토요일)

시간: 10시 45분

장소: 타바 생-쉴피스

날씨: 가느다란 비, 이슬비 같은

배수로 청소부 한 명 빨리 지나감

전날과 비교해서 변한 것은 무엇인가? 우선은 정말로 비슷하다. 어쩌면 하늘에 구름이 좀 더 많은가? 예를 들어 사람이 더 적다거나 자동차가 더 적다고 말하는 것은 정말로 편견일 수 있다. 새가 보이지 않는다. 광장 평지에 개 한 마리가 있다. 레카미에 호텔 위쪽으로 (훨씬 뒤쪽인가?) 크레인 하나가 하늘에서 뚜렷하게 보인다. (크레인은 어제도 있었겠지만, 글로 적었는지는 더 이상 기억나지 않는다.) 눈에 보이는 사람들이 어제 보았던 사람들인지, 자동차들이 어제 그 자동차들인지 말할 수는 없다. 하지만 새들이 (비둘기들이) 온다면 (그런데 왜 새들이 오지 않고 있지) 어제 그 새들이라는 것은 확신할 수 있을 것 같다.

많은 것들이 변하지도 않았고, 분명 움직이지도 않았다. (글자들, 기호들, 분수대, 광장 평지, 벤치들, 성당 등등) 나 또한 같은 테이블에 앉았다.

버스들이 지나간다. 버스에는 완전히 관심이 없어졌다.

카페 드 라 메리는 닫혀 있다. 신문 가판대도 (월요일에 열릴 것이다)

(뒤비뇨* 선생님이 지나가는 것을 본 것 같다. 주차장 쪽으로 차를 몰고서)

앰뷸런스 한 대가 요란한 소리를 내며 지나가고,

이어서 파란색 D.S.** 한 대를 끌고 가는 견인차 한 대.
여자들 몇 명이 바퀴 달린 장바구니를 끌고 간다
비둘기들이 왔다. 어제보다 수가 적어 보인다
인파가 밀려오거나 자동차가 밀려옴.
일시적인 소강상태. 번갈아 나타남.
승강대가 있는 버스의 일종인 "코쉬 파리지앵"***
두 대가 사진을 찍어대는 많은 일본인들을 태우고
지나간다
시티라마 버스 한 대 (독일인들이 탔나? 일본인들
인가?)
비는 곧 그쳤다. 심지어 아주 잠깐 동안 한 줄기 햇
살도 비춘다.
열한시 십오분이다

* Jean Duvignaud(1921-2007). 프랑스의 소설가, 사회학자로서 페렉의 고등학교 선생님이기도 했으며, 1972년 조르주 페렉, 폴 비릴리오(Paul Virilio)와 함께 『코즈 코뮌』을 창간했다.

** 1955년 시트로엥에서 제작한 차. 프랑스어로 '여신(déesse)'이란 뜻이다. 1970년대 소비사회를 상징하는 자동차이자 엄청난 상업적 성공을 거둔 자동차다.

*** Coches Parisiens. 파리 사람들의 역마차라는 뜻.

달라진 것 찾기:

카페 드 라 메리는 닫혀 있다 (보이지는 않지만, 버스에서 내리면서 보았기 때문에 안다)

어제는 커피를 마셨는데 오늘은 비텔*을 마신다 (그것이 생-쉴피스 광장의 모습을 바꾸나?)

퐁텐 생-쉴피스 카페의 오늘의 메뉴가 바뀌었나? (어제는 생대구였다) 분명하다. 하지만 오늘의 메뉴 알림판에 적힌 것을 보러 가기에는 내가 너무 멀리 있다.

(관광버스 2대, 두 번째 버스는 이름이 "왈츠 라이젠"): 오늘 관광객들은 어제와 같은 사람들일까? (금요일에 버스를 타고 파리를 관광한 사람이 토요일에도 같은 방식으로 관광하고 싶어 할까?)

어제는 내가 앉아 있는 테이블 바로 앞 도로에 지하철 티켓이 한 장 있었다. 오늘은 완전히 똑같은 위치는 아니지만 (셀로판지) 사탕봉지가 하나 있고 (거의 "파리지엔들"이 얼굴에 붙이는 팩만큼이나 크지

* vittel. 프랑스에서 판매하는 생수 상표.

만 훨씬 더 밝은 파란색의) 무엇인지 알아보기 힘든 종이 한 조각이 있다.

지나가는 방울술이 달린 빨간색 긴 헝겊 모자를 쓴 어린 소녀 한 명. (어제도 보았던 아이인데, 어제는 두 명이었다) 아이의 엄마는 천 떠들을 하나로 꿰매서 만든 (진짜 패치워크*는 아닌) 긴 치마를 입었다

비둘기 한 마리가 가로등 제일 높은 곳에 앉아 있다

사람들이 성당으로 들어간다 (관광하려고? 미사 시간인가?)

미셸 모르트**를 아주 약간 닮은 한 산책자가 카페 앞을 다시 지나가는데, 아직도 비텔 한 병과 종이 몇 장을 앞에 두고 테이블에 앉아 있는 나를 보고 놀란 듯하다.

버스 한 대. "페르시발 투어"***

* patchwork. 여러 모양, 색깔의 천을 맞추어 도안을 구성하는 쪽모이 세공.

** Michel Mohrt(1914-2011). 프랑스 편집자, 소설가, 역사가.

*** Percival Tours. 아서왕의 원탁의 기사들 중의 한 기사인 페르스발(Perceval)을 상기시키는 이름으로 보인다. 성배를 찾아 모험을 하는 인물이다.

다른 사람들이 성당으로 들어간다

관광객을 태운 버스들이 모두 동일한 전략을 택하지는 않는다. 즉 모두가 보나파르트 거리를 통해 뤽상부르 공원에서 오는 것은 아니다. 어떤 버스들은 보나파르트 거리를 쭉 따라온다. 또 어떤 버스들은 비외-콜롱비에 거리를 돌아서 온다. 이런 차이점은 항상 관광객들의 국적에 따른 것은 아니다.

"베너 라이즌" 관광버스

경찰 수송차

휴식

6

날짜: 1974년 10월 19일

시간: 12시 30분

장소: 해가 내리쬐는 한 벤치에, 비둘기들에 둘러싸여, 분수대 방향을 응시하며 (뒤쪽으로는 자동차가 내는 소음들)

날씨: 하늘이 완전히 맑아졌다.

비둘기들이 거의 움직이지 않는다. 그래도 비둘기가 몇 마리인지 세는 것은 어렵다.(200마리, 아마도) 몇 마리는 자고 있고, 다리는 접혀 있다. 비둘기 몸단장 시간이다. (부리로 가슴께나 날개를 다듬는다.) 몇 마리는 분수대 세 번째 단 가장자리에 앉아 있다. 사람들이 성당에서 나온다.

가끔 경적 소리가 들린다. 교통은 원활하다고 부르는 소통 상황이다.

네 개의 벤치에 네 명이 앉아 있다. 해가 잠깐 구름에 가려졌다. 두 관광객이 분수대 사진을 찍는다.

지나가는 파리-비지옹 이층 버스 한 대

비둘기들이 분수대에서 몸을 적신다. (분수의 단들에는 물이 가득하지만, 사자상의 입에는 물줄기 하나 나오지 않는다.) 비둘기들이 서로 흙탕물을 튀기더니 깃털이 헝클어진 채 물에서 나온다.

내 발치의 비둘기들이 뚫어지게 바라본다. 비둘기들을 보고 있는 사람들도 마찬가지.

해가 숨었다. 바람이 분다.

7

날짜: 1974년 10월 19일

시간: 14시

장소: 타바 생-쉴피스

폴 비릴리오*가 급히 지나감. 그는 보나파르트에서 상영하는 형편없는 개츠비를 보러 가는 중이다.

사십오분 전부터 글은 쓰지 않고 여기에 그냥 앉아 있다. 발롱산 적포도주를 마시면서 소시지 샌드위치를 먹었다. 그리고 커피를 여러 잔. 내 옆에서 고급 기성복을 입은 여섯 명의 장사치들이 잡담을 하고 있는데, 자신들이 하는 소소한 일들에 만족스러운 표정이다. 나는 새들, 사람들, 자동차들을 사나운 눈초리로 쳐다본다. 카페가 사람들로 가득 찼다.

한두 사람 건너 아는 여자가 (아는 여자 친구의 친구, 아는 여자 친구의 친구의 친구) 길을 지나갔고,

* Paul Virilio(1932-2018). 철학자, 도시계획가, 문화이론가, 영화평론가, 큐레이터였다. 파리 건축전문학교와 파리 국제철학학교 교수를 역임했다.

내게 인사하려고 돌아왔고, 그녀가 커피를 한 잔 마셨다.

지나가는 파리-비지옹 버스 한 대. 관광객들이 이어폰을 끼고 있다.

하늘이 우중충하다. 일시적으로 맑아지곤 한다.

눈으로 본다는 것의 피로감. 즉 애플 그린색 2CV들에 대한 강박감 때문.

채워지지 않는 호기심 (내가 찾으러 왔던 것, 이 카페 안을 떠도는 그 기억…)

단 한 번에 주차를 해내는 운전자와 몇 분의 고생스러운 노력 끝에야 주차에 성공하는 다른 운전자("90번" 버스) 사이에는 어떤 차이가 있나? 그런 것은 각성, 아이러니, 도움의 관여를 만들어낸다. 다시 말하자면 단지 찢어진 부분들만 보는 것이 아니라, 천 자체를 보아야 한다 (하지만 드러나 보이는 것이 단지 찢어진 부분들뿐이라면 어떻게 천을 볼 수 있을까. 누군가 버스를 한 대 기다리는 경우나 버스에서 누군가 내리기를 기다리는 경우 혹은 파리교통공사가 누군가에게 지나가는 버스를 세라고 일거리를 주는 경우가 아니라면, 그 누구도 버스들이 지나가는 것을 결코 지켜보지 않는다…)

마찬가지다. 왜 두 수녀님이 두 명의 다른 행인보다 더 존경할 만한 사람들인가?

지나가는 한 남자, 목엔 깁스를 하고

지나가는 한 여자. 타르트 한 조각을 먹고 있다

커플이 보도를 따라 얌전하게 세워놓은 자신들의 아우토비앙키 아바르트*로 가까이 간다. 그 여자가 타르트 조각을 깨문다.

아이들이 많다.

방금 자신의 자동차를 (아우토비앙키가 빠진 자리에) 주차한 한 남자가 마치 자신의 차를 알아보지 못했다는 듯이 응시한다.

파란색 자동차 한 대, 노란색 한 대, 두 대의 파란색 2CV

택시 정류장에 택시가 한 대뿐이다. 운전사는 트렁크를 열어놓았다.

* Autobianchi Abarth. 이탈리아 피아트사에서 파생 브랜드로 제작되는 소형 승용차이며 그중 왜건을 뜻하는 아바르트, 즉 아반트 버전이다.

비둘기들이 광장을 한 바퀴 돈다

카페는 거의 비었다

지나가는 한 소녀. 테니스 라켓을 (공도 여러 개 넣을 수 있는 천으로 만든 가방 속에 넣어) 겨드랑이에 끼고 있다

애플 그린색 2CV 한 대

작은 손수레 하나

바퀴 달린 장바구니 하나

배낭을 멘 보이스카우트들이 성당으로 들어간다

긴 가로봉을 구입한 한 부인이 지나간다

지나가는 운전학원차 한 대

순전히 추상적으로, 우리는 다음과 같은 정리를 제시할 수도 있을 것이다. 즉 같은 시간이 흐르는 동안, 렌 거리에서 생-쉴피스로 걷는 사람들보다 생-쉴피스에서 렌 거리 쪽으로 더 많은 사람들이 걸어간다고.

단조로운 녹색톤 옷을 입은 여자들 몇 명.

보이스카우트들이 일렬종대로 생-쉴피스를 떠나고 있다. 전화를 사용하려고 여기까지 왔던 한 보이스카우트가 뛰어서 그들과 합류한다. 성당 계단을

후다닥 오르고 급하게 내려온다. 자신의 배낭과 순찰임무를 맡았음을 가리키는 깃발을 들고 (내 시력이 정말 좋군)

5976번 경찰이 비외-콜롱비에 거리를 서성거린다. 그는 확실히 미카엘 롱스달*과 닮았다는 인상을 준다.

"코쉬 파리지앵" 버스들

목에 깁스한 남자 (조금 전에는 비외-콜롱비에 거리에 있었는데, 지금은 보나파르트 거리에 있다)

오토바이 91대를 앞세우고 미카도**가 애플 그린색 롤스-로이스를 타고 지나간다

시티라마. 한 일본 여성이 이어폰을 끼고 몰입해 있음

"세시 십오분"이라는 말이 들린다

레인코트를 입은 남자가 큰 몸짓을 한다

* Michael Lonsdale(1931-2020). 미카엘 롱스달은 프랑스 영화계에 없어서는 안 될 배우이다. 영어와 프랑스어를 완벽하게 구사하는 롱스달은 프랑스와 할리우드를 오가며 〈장미의 이름〉, 〈뮌헨〉 등 수많은 화제작과 문제작에 출연했다.

** le mikado. 일왕. 이 시기에 일왕이나 일본 왕족이 파리를 방문했다는 기록은 없다.

버스에 일본인 여러 명

생-쉴피스의 종탑이 소리를 내기 시작한다(분명 세례식일 것이다)

새들이 광장을 한 바퀴 돈다

전날 보았던 두 명의 여자 주차단속원이 다시 지나간다. 그들은 오늘 근심스러운 표정이다.

카페와 거리가 살짝 생기를 띤다

윈스턴 한 갑과 지탄 한 갑을 산 남자가 윈스턴 담뱃갑의 투명한 (셀로판지) 포장을 뜯는다.

빛이 약간 변함

버스에 일본인들. 이어폰을 끼고 있지 않다. 안내하는 사람이 일본 여자이기에

모든 비둘기들이 광장 평지에 날아와 앉는다

신호등이 붉은색으로 바뀐다 (규칙적으로 그렇게 된다)

보이스카우트들이 (같은 아이들이다) 성당 앞을 다시 지나간다

외르-에-루아르*에서 등록한 번호판(28)을 달고

* l'Eure-et-Loire. 프랑스의 도. 도청 소재지는 샤르트르(Chartres).

있는 애플 그린색 2CV 한 대

관광버스 한 대. 일본인들*

생-쉴피스 광장 앞에 여러 사람이 모임. 위쪽 계단에서 비질하는 한 남자가 얼핏 보인다 (성당 관리인?). 곧 결혼식이 있을 것이라는 것을 알겠다 (때마침 사람들이 모인 곳으로 합류하기 위해 방금 떠난 두 명의 손님 때문에).

부모들에게 (혹은 유괴범들에게) 둘러싸인 어린 여자아이가 울음을 터트린다

사분의 삼이 비어 있는 관광버스 한 대 (글로뷔스)

품질이 조악해 보이는 소형 휴대용 촛대 하나를 방금 구입한 부인이 지나간다

소형 관광버스가 한 대 지나간다. 클럽 라이젠 켈러

관광버스. 일본인.**

춥다. 화주 한 잔을 주문한다

보닛에 낙엽이 덮인 자동차 한 대가 지나간다

* Un car. Des Japonais.

** Car. Japonais. 앞선 표현과 달리 부정관사가 생략됨. 작가의 관찰이 지속적으로 글로 옮겨지면서 뒤로 갈수록 서술이 생략되고 짧아진다. 이 경우 일본인은 단수인지 복수인지 구분이 불가능하다.

한 라이더가 빨간색 신형 야마하 125를 밀면서 지나간다

렌 거리 79번지를 운전학원차가 여러 번 지나간다

어린 여자아이가 파란 풍선을 하나 들고 지나간다

긴 바지를 입은 여자 주차단속원이 두 번째 지나간다

보나파르트 거리에 교통 정체의 조짐이 살짝 나타남

사람들로 꽉 참, 자동차들로 꽉 참

한 남자가 과자를 먹으면서 지나간다 (이 구역*에서 가장 유명한 제과점은 이제 더 이상 영업하지 않는다)

관광버스 한 대. 즉 파리-쉬드 시외버스. 관광객들이 타고 있나?

생-쉴피스 종탑이 울리기 시작한다. 분명 결혼식

* quartier. 중세 시대에 소르본이 위치하고 있는 동네, 소르본의 역사적 중심지. "구역, 그것은 정말로 무정형의 어떤 것이다. 일종의 지방행정구(paroisse)이고, 혹은 엄밀히 말해 한 구(arrondissement)의 사분의 일에 해당하며, 한 경찰서가 관할하는 도시의 작은 부분이다…" 『공간의 종류들』, 조르주 페렉, 김호영 옮김, 문학동네, 2019. p. 95.

을 위한. 성당의 큰 문들이 모두 열려 있다.

파리-비지옹 관광버스

결혼식 행렬이 성당 안으로 입장

비외-콜롱비에 거리의 교통 정체

시내버스들이 광장에서 오도 가도 못 한다

멀리서 미셸 모르트를 빼다 박은 사람이 네 번째 지나감

멀리서 비둘기들의 비행

보랏빛 망토를 걸친 한 명, 빨간색 2CV 한 대, 사이클 선수 한 명

생-쉴피스 종탑이 소리를 멈춘다

멀리서 두 남자가 뛴다.

경찰 수송차 한 대가 급브레이크를 밟는다. 관성으로 자동차 옆문이 닫힌다. 손 하나가 문을 다시 열고 그 상태를 고정시켜 둔다.

카페가 꽉 찼다.

사람으로 가득 찬 관광버스가 한 대 지나간다. 하지만 일본인들은 아니다.

햇빛이 점점 약해지기 시작한다. 비록 아직은 거의 느낄 수 없는 정도지만. 신호등의 빨간색이 더한층

두드러져 보인다.

카페에 조명이 밝혀진다.

시티라마와 파리-비지옹 관광버스 두 대가 서로 얽혀 벗어나지 못한다. 결국 시티라마는 보나파르트 거리 쪽으로 방향을 잡고, 파리-비지옹은 비외-콜롱비외 거리 쪽을 택하려 한다. 5976번 경찰이 ("미카엘 롱스달"을 닮은) 처음엔 당황한 모습이었지만 결국 호루라기를 이용해서 상황에 개입한다. 게다가 효과 만점.

고개를 들고 걷는 한 남자가 지나가고, 땅을 보고 걷는 다른 남자가 뒤따른다.

리폴랭* 한 통을 든 남자가 지나간다

사람들 사람들 자동차들

한 노부인이 셜록홈즈 스타일의 레인코트 겸용의 무척이나 아름다운 프록코트를 입고 있다

사람들이 밀집해 있다. 더 이상 소강 국면이라고 할 수 없을 정도로

한 여자가 옆구리에 바게트 두 개를 끼고 있다

* Ripolin. 상표명. 에나멜 도료의 일종이다.

네시 오분이다

III

8

날짜: 1974년 10월 20일 (일요일)

시간: 11시 30분

장소: 카페 드 라 메리

날씨: 비가 내릴 것 같음. 젖은 바닥. 간간이 햇살

꽤 오랫동안 어떤 시내버스도, 어떤 자동차도 지나가지 않음

미사 후 외출

비가 다시 내리기 시작한다.

노인의 날. 다시 말해 많은 사람들이 망토나 레인코트 옷깃에 작은 종이 휘장들을 달고 있다. 즉, 그것은 사람들이 그 종이 휘장들을 미리 받았다는 것을 나타낸다

지나가는 63번

한 부인이 과자 상자를 들고 지나간다 (일요일 미사 후 외출의 고전적 이미지인데, 여기서 확실하게 확인함)

아이들 몇 명

바퀴 달린 장바구니 몇 개

노신사가 운전하는 앞 유리창에 헤르메스의 지팡이*가 장식된 2CV 한 대가 인도 옆에 서 있다. 『르몽드』 신문을 읽으면서 커피를 마시고 있던 한 노부인을 찾으러 그 노신사가 카페 안으로 들어온다

줄기가 긴 풍성한 꽃다발을 든 한 우아한 여자가 지나간다.

* 두 마리 뱀이 감겨 있고, 윗부분에 두 개의 날개가 달린 지팡이로 평화, 웅변술, 의학, 상업의 상징이다.

지나가는 63번

두 개의 커다란 장바구니를 든 어린 여자아이가 지나간다

새 한 마리가 가로등 꼭대기에 내려앉는다

정오다

돌풍

지나가는 63번

지나가는 96번

지나가는 애플 그린색 2CV 한 대

비가 거세진다. 한 부인이 "니콜라" 상표가 붙은 비닐봉지를 모자로 쓴다

우산들이 성당으로 밀려든다

무료한 순간들

63번 시내버스 한 대가 빨리 지나감

준비에브 세로가 카페 앞을 지난다 (그녀에게 신호를 보내기에는 내게서 너무 멀다)

우산을 그 모양과 작동 방법과 색깔과 재질…에

따라 분류하는 프로젝트

장바구니에서 초록 채소가 삐져나와 있다

지나가는 96번

여러 차이점들이 분명해진다. 다시 말하자면 시내 버스가 더 적고, 트럭과 소형 배송트럭들이 거의 없거나 전혀 없고, 자동차들이라고는 대부분 자가용들이다. 많은 사람들이 생-쉴피스 성당으로 들어가거나 그곳에서 나온다.

개 한 마리가 분주하게 지나간다. 꼬리를 하늘로 뻗고, 바닥 냄새를 맡으면서.

몸짓과 움직임이 비 때문에 어렵다.(과자봉지 들고 가기, 바퀴 달린 장바구니 끌기, 아이의 손을 잡고 걷기 같은 것들)

지나가는 63번

광장이 거의 비어 있다. 저 뒤에서 세 사람이 광장을 가로지른다.

이후 두 명씩 세 그룹이 지나간다. 그리고 한 남자가 성당에서 나온다.

비는 여전히 내리고 있지만 분명 약간은 덜 세차게

내린다.

한 남자가 노부인을 부축하면서 광장을 천천히 가로지른다

애플 그린색 자동차 한 대 (RL인가?*)

96번 시내버스 한 대

오른쪽 뒷문은 파란색인 회색빛 자동차 한 대

열두시 삼십분.

성당과 생-쉴피스 거리 한 모퉁이에서, 한 남자가 채광환기창으로 보이는 지하실 쇠창살에 묶어놓았던 자신의 소형 오토바이를 꺼내기 전에 옷매무새를 가다듬는다(사실 채광환기창이라고 하기에는 너무 크다)

그사이 비가 멈췄다

바람이 불어 카페 차양에 남아 있던 빗물이 쏟아진다. 물이 주르륵

* RL?. Rocket League(로켓 리그)에라도 나가는 차인가?
화려한 색채의 페인트나 스티커 등으로 꾸민 자동차들이 참가하는 자동차 경주처럼 애플 그린색 자동차가 두드러져 보인다는 의미의 유희.

비둘기들이 평지에 있다. 폭스바겐 자동차 한 대가 평지와 광장 사이를 지난다. 광장이 비어 있다

저 멀리 두 행인. 수줍은 듯 살짝 비치는 햇살.

가득 찬 장바구니. 셀러리, 당근

줄기가 하늘로 뻗은 꽃다발

대부분의 과자봉지는 평행육면체 모양이다.(타르트가 들었나?) 피라미드 모양의 봉지는 드물다.

63번

(튀니지 스타일의) 배낭에 "기억(SOUVENIR)"*이라고 대문자로 적혀 있다.

96번

나는 카망베르 치즈 샌드위치를 먹는다

한시 이십분 전이다.

* 페렉의 작품세계에서 기억은 중요한 키워드이다. 모든 문장이 "나는 기억한다"로 시작하는 작품 『나는 기억한다(Je me souviens)』는 1973년 1월부터 1977년 6월 사이 쓰여진 작가의 기억 모음집이다.

9

날짜: 1974년 10월 20일

시간: 13시 5분

장소: 카페 드 라 메리

꽤 오랫동안 (삼십분 정도?) 한 경찰이 성당을 등진 채 성당과 분수대 사이 평지 가장자리에서 무엇인가를 읽으며 꼼짝도 하지 않고 서 있다.

택시 한 대 소형 오토바이 두 대 피아트 한 대 푸조 한 대 푸조 한 대 피아트 한 대 내가 알지 못하는 자동차 회사의 자동차 한 대

한 남자가 뛴다.

햇살이 잠시 비침. 자동차 한 대도 없음. 이후 다섯 대. 이후 한 대.

그물망 속에 오렌지 몇 개.

미셸 마르탕스,* 제라늄색 우산 하나를 갖고 있음

63번 시내버스**

* Michel Martens(1940-). 프랑스의 추리소설가, 시나리오 작가.

96번 시내버스***

사회복지용 앰뷸런스 한 대 (파리 시립병원들 소속)

햇살 한 줄기. 바람. 결국, 노란색 자동차 한 대

경찰 수송차 한 대. 자동차 몇 대. 아틀라스 라이저 미니밴 한 대

왼팔에 깁스한 남자

63번 한 대가 어떤 노인 커플을 내려주기 위해서 예외적으로 카네트 거리 한 모퉁이에 멈춘다

녹색 DS 택시 한 대

노란색 자동차가 (마찬가지로 DS) 생-쉴피스 거리에서 나타나서 광장의 차가 다닐 수 있는 곳으로 진입한다

카페 바로 맞은편에 나무가 하나 있다. 줄기에 가는 끈이 하나 묶여 있다.

결국, 페루 거리 옆에 그 노란색 자동차가 주차한다

** Le 63. 버스 번호를 정관사를 붙여 표기한다. 저자가 서술한 내용에 따르면 일요일에 생-쉴피스 광장 앞을 운행하는 버스는 63번과 96번 시내버스뿐이다.

*** Le 96.

광장은 완전히 비어 있다. 한시 이십오분이다.

경찰이 평지 가장자리에서 계속 백 걸음 정도를 걷고 있는데, 때로는 생-쉴피스 거리 모퉁이까지 오거나 거의 금융 회사 앞까지 멀어지기도 한다.

96번 시내버스

예를 들어 페루 거리 같은 하나의 세부적인 것만을 본다면, 그리고 시간만 충분하다면 (일이분 정도) 우리는 아무런 어려움 없이 에탕프나 부르즈,* 혹은 심지어 내가 전혀 가본 적도 없는 (오스트리아) 빈 근처에 있다고도 상상할 수 있다.

주인이 지켜보고 있는, 아니 그래서 오히려 자극하고 있는 검은 개 한 마리가 광장 평지를 깡충거리며 뛰어다닌다.

개가 짖는 소리

잠든 아이를 등에 업고 젊은 아빠가 지나간다 (그리고 손에는 우산을 하나 들고)

경찰이라도 서성거리고 있지 않다면 광장은 텅 비었을 것이다

* Étampes, Bourges. 프랑스의 도시들.

63번 시내버스

96번 시내버스

하여튼, 빨간색 파카를 입은 두 소년

진한 파란색 폭스바겐 한 대가 광장을 가로지른다 (이미 본 적이 있다)

전적으로 소강상태인 경우는 드물다. 늘 멀리 행인이 있거나 자동차가 지나간다

96번 시내버스

관광객들이 성당 앞에서 자신들의 모습을 카메라에 담는다

광장이 비어 있다. 관광버스 한 대가 (페테르 라이젠) 빈 채로 광장을 가로지른다

63번 시내버스

두시 오분 전이다

비둘기들이 광장 평지에 모여 있다. 모든 비둘기가 동시에 날아오른다.

아이들 네 명. 개 한 마리. 반짝 비치는 한 줄기 햇살. 96번 시내버스. 두시다

옮긴이의 시도

날짜: 1997년 7월 16일 (무슨 요일이었을까. 쉽게 찾아볼 수는 있지만 그러려니 남겨두기… 결국 검색해보았고, 수요일이었음. 이 책을 우리말로 옮기면서 많은 검색을 했지만, 요일을 알아내는 것처럼 쉬운 것은 없었음.)

시간: 정오 전후 어느 시간, 분 (당연히 기억나지 않고, 검색할 수도 없음.)

장소: 파리의 프낙 서점 (이것만 확실하고, 정가는 50프랑이었지만, 47프랑 50상팀에 구입했다고 바코드가 찍힌 스티커에 표시되어 있어서… 확신함.)

날씨: 흐릿한 기억처럼 흐렸을 것(이길 바람. 한국의 여름과는 달리 선선한 바람도 조금. 간혹 햇살도… 7월 파리의 거리에는 가죽점퍼를 입은 사람도 많음. 반팔에 반바지에 슬리퍼를 신은 사람은 관광객일 가능성이 높음.)

26년이 흐른 2023년 초봄. 번역하기로 한 조르주 페렉의 책, 『파리의 한 장소를 소진시키려는 시도』(이하 『시도』)를 구입한 날에 대한 기억을 끌어내보았다. 이렇게 기억되는 책 구입의 정황, 게다가 오래전에 읽었던 책을 다시 펼쳐 들고 여러 번 읽는다는 것이, 내게는 우선은 '고전'에 대한 오마주라고 할 수 있다. 얄궂은 일이지만 우리는 고전에 대해서 종종 '누구나 이야기하지만 누구도 읽지는 않는 책'이라고도 한다. 또한 읽지는 않았지만 읽은 척하게 되는 책, 처음 읽는 것이 아니라 '다시 읽는 중'이라고 말하는 바로 그 책. 그것이 바로 고전이라고 한다. 그런데 이 책을 우리말로 옮기기 위해서 옮긴이로서 내가 한 행위는 딱 '고전'을 마주한 자의 행위였다.

페렉이 본 것을, 거기에 더해 무심히 엿보이는 그의

생각을 우리말로 '옮기다'가 생각나는 대로 '말'로 적겠다는 뜻에서 이 '옮긴이의 시도'는 위에 제시한 날짜, 시간, 장소, 날씨에 대한 기억들처럼 페렉의 책에 나오는 글쓰기를 '모방하는 시도'이기도 하다.

그때는 서른을 한 해 앞둔 97년 여름이었고, 지금은 노안이 여러 해 전에 엄습한 내게 프낙에서 구입한 책 한 권이 달랑 놓여 있다. 당연히 떠오르는 기억이 별로 없다. 표지를 넘기면 늘 그랬듯 책이 내게 온 날짜와 서명만 적혀 있다. 금방 페렉과 같은 글쓰기 시도를 하지 않았음을 애석하게 여긴다.

……

'시도'

'파리! 한 장소? 어느 장소? 퍼내기? 소진시키기? 전부 다 묘사하기? 시도!'

느낌표는 단 두 개. 파리와 시도 뒤에 붙어 있다.

나머지 단어에는 의문부호가 어울린다. 번역본의 제목이 무엇으로 결정될지 난감한 상황이었다.

이래서는 글이 진행되지 않겠다는 불길함이 엄습

한다.

……

'시도'

그래서 표준적인 '옮긴이의 글'을 시도하기로 하지만, 잘 안됐다. 아래와 같이…

우선 출판사와 편집자에게 감사하고, 옮기는 과정에 대하여, 하지만 그 글이 잘 옮겨졌는지를 따지는 것은 별 의미가 없음에 대하여 독자들에게 먼저 고하고자 한다. 왜냐하면 3일간 주로 카페 의자에 앉아 있던 작가 페렉의 눈에 보였던, 분명 그가 현장에서 노트에 프랑스어로 적었던 것들을 한국어로 옮겼기에, 옮긴이도 조금 급하게, 작가 페렉의 손이 움직이는 속도에 맞춰 짧게, 빨리, 그것도 가급적 동일하게 전하려 했기 때문이다.

여튼, 그뿐이다. 그가 한 것이. 그런데 작가가 이래도 되나? 이런 글을 써도 되나? 왜… 그랬을까?

궁금증만 더 늘어나는 옮기기였다.

……

눈치챘겠지만,

네 번째 '시도'

21세기인 지금은 누가 이런 '시도'를 할까?

AI(인공지능) 같으면 말 그대로 '소진시키려는' 이런 글쓰기를 할 것이다. 그것도 아주 잘, 끝없이… 단, 인간이 그렇게 시키길 '시도'하는 한에서 말이다. 문제는 AI 스스로 그런 시도를 하는 시대가 온다면 디스토피아가 될 것이다.

1974년 조르주 페렉이 한 이와 같은 글쓰기도 한정된 장소에서 한정된 시간 동안 '어느 정도는' 스스로를 글쓰기 기계로 여긴 '시도'였으리라. 'AI-페렉'은 시도한다. 단, '인간-페렉'이 그런 시도를 하는 한에서만…

1974년 10월, 파리 6구의 한 장소를 3일간 찾아간 페렉은 날씨의 변화, 지나가는 사람들, 자동차와 구름의 움직임 이외에는 아무런 일도 일어나지 않는 그곳을 '눈에 담는' 동시에 '종이 위에 모두 기록'한다.

아니 모두 기록하려고 '시도'한다.

페렉의 기록 '시도'는 아마도 지혜롭다는 '호모 사피엔스'의 가장 인간다운 행위일 수도 있겠다. 자연의 모든 것들은 지나가고, 변화하고, 변모한다. 시간과 공간을 차지하는 모든 것들이 그렇다. 그것을 바라보고 글로 기록하는 '시도'야말로 페렉이 이 글을 통해 다른 시간과 다른 공간을 살아갈 사람들과 영원히 자연스럽게 함께하려는 '시도'이자 바람이 아닐까 싶다.

그래서 '옮긴이의 시도'는 곧 다음과 같이 제목을 바꿔야 하겠다. 그것은 원문을 대여섯 페이지 정도 읽었을 때 순간적으로 떠올랐던 "조르주 페렉, 20세기의 몽테뉴"라는 표현이다. 원문에 나오는 '크세주?(Que sais-je?)'라는 표현을 읽기 전이었고, 이후 놀랍게도 '크세주'가 눈앞에 나타났고, 아! '옮기는 방향'이 우선은 정해졌음을 느꼈다.

16세기를 살았던 몽테뉴와 그의 『에세(Essai)』가 있다면, 20세기를 살았던 조르주 페렉과 그의 『시도』가 있다. 우리가 수필, 에세이라고 부르는 그 장르의 시작은 '에세이'라고도 부르는 몽테뉴의 『에

세』, 바로 『수상록』이다. 몽테뉴의 '에세'는 프랑스어로 '시도'라는 의미를 갖고 있다. 몽테뉴가 스스로에게 던진 질문 '나는 무엇을 알고 있는가?(Que sais-je?)'는 자기 자신을 포함하여 주변의 모든 것들에 대한 사소한 질문들, 궁금증들을 대변하는 물음이었다. 달리 말하자면 자기와 주변에 대한 관찰의 결과다.

페렉의 텍스트 『시도』를 읽으면 제목에 있는 'tentative'는 '시도'라는 우리말 단어 이외에 달리 번역어가 없다. 그냥 '시도'다. 에세이가 시도이고, tentative가 시도이기에, 그렇기 때문에 페렉의 이 작품은 '파리의 한 장소를 철저하게 묘사하고 소진시키고 고갈시키는 시도를 하고 있는 에세이'이다. 그런데 페렉의 『시도』는 한 장소를 소진시키려는(고갈시키는) 것일 수도 있고, 이와 동시에 오히려 파리의 한 장소에 의해서 페렉이 소진되는 것, 녹초의 상태가 되는 것, 기진맥진해지는 것으로도 이해할 수 있다.

페렉은 파리의 한 장소, 생-쉴피스 광장 주변의 카페에 자리를 차지하고 주변을 관찰했다. 이 텍스트가 그 결과물이다. 몽테뉴는 자신의 성에서, 페렉은 주로 카페 의자에 앉아 각자 이 관찰을 시도한다.

……

이 '시도'는 또 다음과 같은 것일 수도 있다.

즉, '번역하기'는 '옮기기'다라고.

말 그대로 그렇다.

좀 부연하자면, '번역하기'는 그리스 신화에 나오는 시시포스가, 산 정상으로 바위를 '옮기는' 행위와 같다. 시시포스가 옮겨 놓은 그 바위는 꼭대기에 잠시 머무른다. 곧 골짜기로 다시 굴러떨어지기 때문이다. 시시포스는 바위를 다시금 산 정상으로 '옮기는' 행위를 반복한다. 영원히… 마치 영원한 형벌처럼. 하지만 시시포스에게는 그 바위 '옮기기' 행위가 결코 형벌이 아닌 순간이 있다. 산 정상에 바위가 잠시 머물러 있는 그 순간이 그렇다. 그 순간으로 인해, 그 순간을 자각함으로 인해, 물론 그 자각이 애석하게도 백만 번째 '옮기기'에서 벌어졌을 수도 있으나, 자각 이후의 모든 동일한 '옮기기'는 단순히 반복되는 영원한 형벌이 아니라, 기꺼운, 자발적인, 자각적인, 즐거운, 당연히 감내하여 반복하는 '옮기기' 행위가 되었다. 우리는 이것이 『시시포스 신화』를 쓴 알베르 카뮈 덕분이기도 하다는 것을 알고 있다. 개인적으로는 카뮈를 만나고, 그의 글을 읽고, 그의 글을 '옮기는' 선행 경험 덕분에, 이제 페렉의 무의미해 보이는 『시도』를 우리말로 옮기는 것이 어떤 의미인지 알게 되었다.

우리말로 이 작품을 옮겼다. 그리고 든 생각은, 프랑스어 원문을 읽는 것은 그나마 무의미하지 않을 수 있지만 이 '시도'를 우리말로 옮기는 것은 겉보기엔 무의미할 수도 있다는 것이었다. 그럼에도 불구하고, 우리가 이제는 '그렇게' 알고 있듯, 그리고 카뮈의 『시시포스 신화』가 그렇듯, 그리고 페렉의 『시도』가 그렇듯 '무의미의 의미'라는 것이 얼마나 큰 의미인지를 안다. 그렇기에 옮긴이의 '옮기기'가 그렇다. '무의미의 의미'다.

이 번역본이 부디 눈 밝은 독자 여러분들의 읽기 행위가 무의미의 의미로 흘러넘치는 것처럼 보이는 '독서의 개울'을 건넘에 있어서, 불편하지 않을 정도로만 신발을 살짝 젖게 함으로써 도움을 주는 의미

있는 징검다리로 쓰이길 바란다.

기꺼이 바위 '옮기기' 하는 자로서 징검다리로 사용될 돌을 하나 놓았다. 그렇기에 또다시 정상을 향해 번역이라는 '옮기기'에 힘을 얻을 수 있을 것이다. 간혹 흔들리거나 미끄러운 돌처럼 번역본에 숨어 있을 오역은 모두 옮긴이의 미숙함에서 기인한 것이다.

끝으로 책을 보는 안목과 애정을 가득 품고 있는 신북스 출판사의 강신덕 대표와 임종세 대표께, 무척이나 오묘하고 아름다운 출판사명으로도 돋보이는 미행 출판사의 대표이자 이 번역본의 편집자 김성호 시인께, 또한 이 작품을 만난 독자 여러분께 감사의 인사를 드린다.

2023년 7월
김용석

조르주 페렉, 크리스티앙 부르주아, 알랭 로브그리예

"나는 조르주 페렉을 기억한다. (Je me souviens de Georges Perec)"

– 1982년, 크리스티앙 부르주아 –

이 제사(l'épigraphe)는 조르주 페렉이 사망한 1982년, 재출간된 『파리의 한 장소를 소진시키려는 시도(Tentative d'épuisement d'un lieu parisien)』에 실려 있다. 크리스티앙 부르주아는 당시 발행인이었고 이 제사는 페렉의 또 다른 저서 『나는 기억한다 (Je me souviens 1978년, 아셰트 출판사)』에서 제목을 빌린 것이다.

파리의 한 장소를 소진시키려는 시도

초판 1쇄 발행 2023년 10월 30일
초판 2쇄 발행 2024년 2월 19일

조르주 페렉
김용석 옮김

펴낸곳 신북스
펴낸이 강신덕, 임종세
편집 김성호
출판등록 제2023-000115호
주소 서울특별시 용산구 한강대로80길 21-9
남영빌딩 1동 2층 205호
전화 070-4300-2824
팩스 0504-326-2880
이메일 spysick@shinbooks.com
홈페이지 www.shinbooks.com
인쇄·제책 영신사

값 16,000원
ISBN 979-11-968692-4-3 03860